KB024634

나보다 더 푸른 나를 생각합니다

나보다 더 푸른 나를 생각합니다

초판 1쇄 발행 2021년 4월 16일

지은이 양광모
펴낸이 김선기
펴낸곳 (주)푸른길
출판등록 1996년 4월 12일 제16–1292호
주소 (08377) 서울시 구로구 디지털로 33길 48 대륭포스트타워 7차 1008호
전화 02–523–2907, 6942–9570~2
팩스 02–523–2951
이메일 purungilbook@naver.com
홈페이지 www.purungil.co.kr

ISBN 978–89–6291–898–4 03810

나보다 더 푸른 나를 생각합니다

양광모 시집

푸른길

시인의 말

눈송이를 사랑한다면
손바닥으로 받으려 하지 말고
공중을 자유롭게 춤추다
고요히 땅에 내려앉도록
눈사람 열 개만큼의
거리를 지키며 다만 바라봐야 한다

그러나 사랑이여
그것이 어찌 불같은 사랑의 길이겠느냐

차례

Ⅱ. 별빛을 개어

Ⅲ. 바다가 나의 직장이었지

Ⅳ. 별이 너를 사랑해

I.
소나무를 생각한다

소나무를 생각한다

사는 게 힘에 부친다
싶은 날엔

바위를 뚫고 자라는
소나무를 생각한다

그 뿌리가 겪었을
절망과 좌절을 생각한다

거대한 벽 앞에 부딪쳐
털썩 주저앉고 싶었으나
끝끝내 밀고 나갔던
그의 외로움과 두려움을 생각한다

그만큼은 아니지
그만큼도 아니면서, 생각한다

민들레

어딘들 못 살랴
질기고 쓴 것이 목숨이더라

짓밟히고 짓밟혀도
흙에 바짝 몸 붙이고
꽃대 높이 하늘로 치켜세워
마침내 노란 희망 담담히 피워 낸다

은빛 우주 한 채 지었다가
그마저도 바람 불면 허물어 버리고
다시 뿌리내릴 새 땅 찾아 날아가니

어딘들 못 가랴
버리고 비우면 날개더라

나보다 더 푸른 나를 생각합니다

나보다 더 힘든 사람을 생각합니다

나보다 더 가난하고

나보다 더 병들고

나보다 더 고독한 사람을 생각합니다

나보다 더 애쓰는 사람을 생각합니다

나보다 더 힘을 내고

나보다 더 밝게 웃고

나보다 더 눈물을 참는 사람을 생각합니다

나보다 더 힘껏 살아가고

나보다 더 삶을 사랑하고

나보다 더 푸른 나를 생각합니다

오래 흘러가는 것들

살아가는 일도 시큰둥해져

강물 앞에 서면

거기 오래 흘러가는 것들이 있다

굽이치며

소용돌이치며

갑작스레 절벽 아래로 떨어지면서도

그 길이 제 길이라고

먼 길을 흘러온 것들이 있다

어느 만큼 왔는지

얼마나 더 가야 하는지

묻지도 않으면서

빗물과 눈발 가슴에 끌어안고

개울물에게도 곁을 내어 주며

안개 피어나는 밤에도

걸음을 멈추지 않고

끝내 바다를 향해

오래 흘러가는 것들이 있다

겨울 강

겨울 강이 묻는다
너는 누구냐고

어린 물살들을 지키기 위해
나는 내 몸조차 얼렸는데
너는 누구였냐고

구멍 두어 개로
봄이 오기까지
숨을 참으며 견뎌 본 적 있냐고

밤이 깊을 수록
쩡쩡 큰 소리로 묻는다
너는 누구이겠느냐고

겨울 바다

뭍을 향해 끝없이 달려오는
저 파도가 사실은 뒷걸음질이라는 것을
겨울 바다는 알고 있다

등을 보여 주기 싫은 사람들이
이맘때면 왜 저를 찾아오는지
겨울 바다는 알고 있다

왜 저만이라도
쉬이 얼어 버리면 안 되는지
겨울 바다는 알고 있다

겨울 한계령

한계령도 넘는데
그깟 벽 하나 못 넘느냐고

쇠사슬에 발목이 묶여도
한계령을 넘는다고

흰 눈을 뒤집어쓰고도
겨우내 얼지 않는 나무들이 있는데
도대체 네 심장의 빙점은 몇 도냐고

무채색 호통이 고요히 울려 퍼지는 곳
도대체 한계를 제대로 알고는 내려가느냐고

순댓국

마음을 비우기 어려워

술잔을 비우는 저녁

채워도 채워도 채워지지 않는 생도

순댓국 한 그릇에

소주 한 병이면 가득이더라

순댓국에 담겨 있는

순대 같은 사랑이나 해 보았으면

뜨끈한 순댓국물

너의 입에 사분사분 떠먹여 주었으면

기껏 생각이나 하였을 뿐인데

순대가 목에 걸려 나는 울었다

순하게 살자, 독한 목숨아

겨울논처럼

어떻게 지내세요
겨울논 같지 뭐

많이 쓸쓸하신가 보네요
눈 내리면 견딜만 해

좋은 소식이라도 있어야 할 텐데요
조금 있으면 봄논이 된다고 하네

한때 자랑이었던 것들 모두 내어 주고
겨울논처럼 늙고 싶다

겨울눈

겨울눈 속에서
꽃이 피고

겨울눈 속에서
잎이 난다

은아隱芽,

마른 나뭇가지에 매달려
겨울을 이겨 내는 겨울눈을 보아라

눈물마저 얼어붙는 날에도
생의 몸짓 멈추지 않으니

숨결마저 얼어붙는 날에도
생의 희망 버리지 않으니

겨울눈 속에서 참고 견디어
마침내 새봄을 맞는다

고드름

거꾸로 매달려 키우는 저것이
꿈이건 사랑이건

한 번은 땅에
닿아 보겠다는 뜨거운 몸짓인데

물도 뜻을 품으면
날이 선다는 것

때로는 추락이
비상이라는 것

누군가의 땅이
누군가에게는 하늘이라는 것

겨울에 태어나야
눈부신 생명도 있다는 것

거꾸로 피어나는 저것이
겨울꽃이라는 것

눈이 내리면

빈 독에 가득
쌀이 채워지고

두툼한 솜이불이
잠자리에 펼쳐지고

머리에 쌓인 눈을 털며
나무들이 깔깔 웃고

별들이 땅으로 내려와
눈싸움을 하고

하얀 도화지 위로
기다리던 이의 돌아오는 발자국이 그려져

눈이 내리면
가난할 수가 없네

눈이 내리면
가난과도 눈 맞아 행복하겠네

그래도 우리가

아름다운 것들은 왜 빨리 질까
착한 것들은 왜 가난할까
푸른 하늘에게 물어봐도
말없이 웃음만 짓네

사랑하는 것들은 왜 떠나갈까
작은 것들은 왜 눈물겨울까
높은 산에게 물어봐도
모른 척 외면을 하네

아이야 겨울나무를 봐
마른 가지에 눈 쌓인 채로
찬바람 부는 들녘에 서서
마침내 봄을 맞잖아
끝내 꽃을 피우잖아

고맙다

아느냐 알고 있느냐
푸른 하늘이 내게 묻는다면
모른다 정녕 모른다 대답하리

그러냐 그런 것이냐
높은 산이 내게 묻는다면
아니다 정녕 아니다 대답하리

무엇으로 와
무엇을 찾으려
그대 이 작고 아름답고
쓸쓸한 별에 머물다 가는가

저녁 들녘의 꽃 한 송이가 내게 묻는다면
고맙다 정녕 고맙다 입 맞추고 떠나리

희망

희망은 꿈꾸는 자의 것
끝끝내 이뤄야 할 꿈 있다면
희망은 언제나 태양처럼 다시 떠오르는 것

희망은 사랑하는 자의 것
기어이 지켜야 할 사람 있다면
희망은 언제나 꽃처럼 다시 피어나는 것

희망은 투쟁하는 자의 것
결연히 주먹을 쥐고 싸워 나간다면
희망은 언제나 봄처럼 다시 찾아오는 것

희망은 사실 힘들고 어려운 것
그러나 불가능한 것은 아니네

희망은 절망을 겪어 본 자의 것
눈물과 땀으로 어둠을 씻어 내면
희망은 언제나 새벽처럼 다시 찾아오는 것

희망을 잣다

허공이 아니라
길목에 쳐야 한다
햇살이 넘나들고
별빛이 지나가는

거미보다 못한 외줄 인생
실없는 꿈일지라도
한 올 한 올 희망을 잣다 보면
해와 별 걸리는 날
마침내 찾아오리니

희석 稀釋

안주는 먹지 않는다고 했다

소주 한 잔을 마시면
물 한 잔을 마셨다

독하지 않은 게 어디 있냐고
사람이 가장 독하더라고

잘 섞으면 된다고 했다
사는 일도 결국 섞는 일 아니냐며

알고 보면
사랑도 희석일 뿐이라고

밖에서는 빛과 어둠이 몸을 섞고 있었다

물의 노래

한 번은 가장 높은 곳으로
오르고 싶었을 게다
밤마다 울음 터뜨리던 계곡물
직선으로 쏜살같이 내달리던 강물
마침내 다다른 세상의 가장 낮은 곳에서
상심의 푸른 얼굴로 누워 있는 바다를 보라

한 번은 모든 것을
버려야 함을 알았을 게다
햇볕 뜨겁던 어느 날 스스로를 불태워
가장 높은 곳으로 올라갔나니

사람아
세상에서 가장 높은 곳으로 향하는 이여
세상에서 가장 낮은 곳으로 내려가
그대의 눈물마저 활활 불태워라

나무

속사정이야 없겠냐마는
달리 방법도 없을 것이기에
비가 내리면
온몸을 내맡겨 젖고
눈이 내리면
온몸으로 받아 쌓아 주며
바람이 불면
그 뜻을 거스르지 않고
봄날 피어날 꽃을 위해
겨울 알몸도 마다치 않지만
새들에게도
제 몸 한구석을 내어 주고
달에게도 이따금
앉았다 갈 자리 하나 내어 주는
저 나무는
참으로 나무랄 데가 없는데
사람아, 너는 어디를 나무랄 만 하느냐
사람아, 너는 무엇을 나무라고만 있느냐

내 살아 한 번은

내 살아 한 번은 높은 산 큰 바위처럼
그 바위 위에 떨어지는 여름날 힘찬 빗방울처럼

내 살아 한 번은 깊은 계곡 맑은 물처럼
그 물 위를 흘러가는 가을날 붉은 단풍잎처럼

내 살아 한 번은 천 년을 산 느티나무처럼
그 가지에 내려앉는 겨울날 어린 눈송이처럼

내 살아 한 번은 사랑하는 당신처럼
그 얼굴에 번지는 봄날 꽃 같은 미소처럼

내 살아 한 번은 푸르고 푸른 하늘처럼
그 하늘을 떠가는 희고 흰 구름처럼

나는 배웠다 2

삶은 산문이지만
사랑은 운문이라는 것을

어떤 사랑은 눈물로 마침표를 찍지만
어떤 사랑은 기도로 느낌표를 찍는다는 것을

낯 뜨겁게 만드는 사람이 있고
가슴 뜨겁게 만드는 사람이 있다는 것을

희망은
아침에 떠오르는 찬란한 태양이 아니라
어두운 밤하늘의 희미한 별빛이라는 것을

촛불이 뜨겁게 타오를수록
촛농도 더 많이 고인다는 것을

눈과 얼음에게는
겨울이 봄이요, 응달이 양지라는 것을

성공의 무게를 재는 저울은
세상에 존재하지 않는다는 것을

행복의 길은
혼자 걸어가기에는 너무 좁고
함께 걸어가기에는 충분히 넓다는 것을

너무 불행한 것이 아니라
조금 덜 행복할 뿐이라는 것을

가장 현명한 사람은
빈틈 없는 사람이 아니라
쉴 틈을 잘 만드는 사람이라는 것을

인생이란
하나를 얻으면 하나를 잃고
하나를 잃으면 다른 하나를 얻는다는 것을

운명이 모든 것을 빼앗아 갔다고 느낄 때
운명이 얼마나 많은 것을 주었는지 깨달아야 한다는 것을

마음은 빈 상자와 같아
보석을 담으면 보물 상자가 되고
쓰레기를 담으면 쓰레기 상자가 된다는 것을

가방끈이 길면
땅에 끌리기 마련이라는 것을

진정한 배움을 위해 필요한 것은
비움이라는 것을

인생을 통해
나는 내 삶을 비우는 법을 배웠다

Ⅱ.
별빛을 개어

별빛을 개어

빨래를 개어
옷장에 넣어 두듯

마음을 개어
고요한 곳에 모셔 두었다가

어둠을 만나면 어둠을 개고
슬픔을 만나면 슬픔을 갤 일이다

사람아,
생의 겨울이 와도
눈보라쯤은 거뜬히 이길 수 있도록

아침이면 햇살을 개고
밤이면 별빛을 개어
우리 가슴 한편에 따듯이 모셔 둘 일이다

가을

우리가 서로에게
그리운 사람이 되어 살라고
가을마다 단풍이 든다

그 나뭇잎 사이로
가을 하늘 가만히 바라보아라

우리가 서로에게
맑고 푸른 사람이 되어 살라고
가을마다 하늘이 훌쩍 높아진다

이 세상에 내가 태어나

이 세상에 내가 태어나
꽃 한 송이 활짝 피워 주었는지
맑은 샘물 한 줄기 멀리 흘려보냈는지

이 세상에 내가 태어나
별 하나 하늘에 걸어 두었는지
눈송이 하나 그대 이마에 내려앉게 했는지

촛불을 켜면 늘 들려오네
강물 앞에 서면 늘 가슴에 밀려드네

가난한 세상을 더 가난하게 한 건 아닌지
눈물로 얼룩진 세상의 얼굴을 씻어 주었는지
단풍잎 하나 그대 가슴에 물들게 했는지

조금 어렵게

너무 어렵게 사는 건 아닌가
조금 쉽게 살아야지
늘 마음을 다져 먹지만

풀과 나무와 새,
이 세상 목숨 있는 것들의
애쓰는 몸짓을 살펴보노라면

너무 쉽게 사는 건 아닌가
조금 어렵게 살아야지

어쩌면

너무 작은 슬픔을
너무 크게 슬퍼한 건 아닌지

너무 작은 고통을
너무 힘들어 하며 산 건 아닌지

너무 큰 기쁨을
너무 작게 기뻐한 건 아닌지

너무 큰 사랑을
너무 작게 사랑하며 산 건 아닌지

너무 깊은 삶의 바다를
너무 얕게 헤엄치며 산 건 아닌지

참 좋은 인생

참 좋은 사람들과
참 좋은 세상에서
참 좋은 생각을 하며
참 좋은 하루를 삽니다

조금은 부족한 내가
참 좋은 인생을 삽니다

부족했나 봅니다

나의 꿈이 부족했나 봅니다
나의 용기가 부족했나 봅니다
나의 사랑이 부족했나 봅니다
나의 이해가 부족했나 봅니다
나의 노력이 부족했나 봅니다
나의 정성이 부족했나 봅니다

그래도 족한 삶,
나의 욕심이 부족했나 봅니다

잘 살았구나

꽃을 이겨 본 적이 없다
꽃을 이겨 보려 애쓴 적도 없다

별을 이겨 본 적이 없다
별을 이겨 보려 애쓴 적도 없다

햇살을 이겨 본 적이 없다
햇살을 이겨 보려 애쓴 적도 없다

잘 살았구나
그만하면 참 잘 살았구나

청춘십일홍

여보소, 꽃 한 철
수이 짐을 탓하지 마오

꽃이야 제 몸이
꽃인 줄이나 알고
피고 지건만

사람은 제 몸이
꽃인 줄도 모르고
청춘을 수이 떠나보내더라

아우야, 꽃구경 가자

아우야, 꽃구경 가자
오늘 핀 꽃 내일이면 지리니
시름일랑 꽃 진 후로 미루어 두고
아우야, 꽃구경 가자
아우야, 꽃 세상 가자

아우야, 꽃 따러 가자
바람 불면 저 꽃잎도 떨어져
눈물일랑 내일날로 미루어 두고
아우야, 꽃 따러 가자
아우야, 꽃 세상 가자

아우야, 우리에게

아우야, 우리에게
아직 슬픈 것이 남아 있느냐

사랑을 잃고도
목숨을 잃지 않았는데

언약을 어기고도
영혼을 지켰는데

아우야, 우리에게
아직 울어야 할 무엇이 남아 있느냐

가을 나무가 낙엽을 떨구듯
우리가 눈물을 떨구며 서러워해야 할

아우야, 우리에게
오래도록 지우지 못할 상처라도 있는 것이냐

꽃은 피지 않더라도
그리움은 다시 살아날

아우야, 우리가
아픈 봄이라도 기다려야 하는 것이냐

마음길

나의 손이 손길을 걸어갈 때
나눔의 길을 걸어가기를

나의 발이 발길을 걸어갈 때
옳은 길을 걸어가기를

나의 눈이 눈길을 걸어갈 때
맑은 길을 걸어가기를

나의 마음이 마음길을 걸어갈 때
사랑의 길을 걸어가기를

인생샷

사진을 찍을 때
얼굴에 활짝 미소를 짓듯

인생이란 거
누군가 사진을 찍고 있다 생각하며
가장 예쁜 웃음을 지으며 살 일이다

마음도 찍고 있을지 모른다 생각하며
가장 꽃다운 생각을 지으며 살 일이다

두고두고 감탄할 인생샷
몇 점은 너끈히 건지지 않겠는가

대단한 일

하루도 거르지 않고
새날이 찾아오는 일
세 끼 밥을 먹는 일
편히 누울 잠자리가 있는 일
어머니가 나를 낳아 주신 일
누군가와 사랑에 빠지는 일
사물을 바라볼 눈이 있는 일
소리를 들을 귀가 있는 일
하늘이 무너지지 않는 일
땅이 꺼지지 않는 일
봄마다 꽃이 피는 일
가을마다 단풍이 드는 일
지구라는 별에
사람이 살아가는 일
그러나 그 무엇보다 가장 대단한 일은
이런 모든 신비를
너무나 당연하게 생각하는 일

일요일

일 없이 쉬는 날이라고
생각도 없을 순 없지

해의 날은 있는데
별의 날은 왜 없는지
꽃의 날은 왜 없는지

아니, 사랑의 날은 또 왜 없는지
애요일愛曜日(Loveday)이라
부르면 될 터인데

소파 위를 자전하며
이런 일없는 생각이나
해해거리며 해 보는 날

참말로 일없습네다

설날

고요한 아침의 나라에서
해마다 벌어지는
이 세상 가장 신명 나는 축제

삼천리 방방곡곡
온 가족이 모여 앉아
떡국을 먹고 세배를 하고
윷놀이를 벌이면
눈은 차가웁게 쌓여 있어도
마음에는 성큼 봄이 찾아와

새해에는 더욱 아름다우세요
새해에는 더욱 활짝 피어나거라
이 세상 가장 따뜻한 기도를 주고 받는다

2월

이틀이나 사흘쯤 더 주어진다면
행복한 인생을 살아갈 수 있겠니

2월은 시치미 뚝 떼고
빙긋이 웃으며 말하네

겨울이 끝나야 봄이 찾아오는 것이 아니라
봄이 시작되어야 겨울이 물러가는 거란다

4월이 오면

365일 언제나
어머니에게는 만우절이었다

나는 배부르단다, 어서 많이 먹어라

세상에서 가장 아름다운 거짓말
4월에는 한 마디쯤 하며 살아야겠네

어머니, 꽃잎만 먹으며 한세상 곱게 살겠습니다

쑥버무리

햇쑥을 뜯어
쌀가루로 버무려
가마솥에 넣고 찌면
밥보다 달고
꽃보다 향기로왔지
아직도 부엌 아궁이 앞에
어머니 앉아 계신 것만 같은데
이젠 나도 쑥쑥 늙겠지
연하고 향긋한 쑥버무리 되어야겠네

굴비

어떤 이의 굴비는
비굴하게 살지 말라 하고

어떤 이의 굴비는
비굴은 비굴도 아니라는데

굴비든 비굴이든
제 입은 생각도 않고 굴비를 발려

자식 밥숟가락 위에 얹어 주는
어머니 마음 같이만 살 일이다

먹는 입 바라보며 얼굴에 번져 가는
어머니 미소처럼만 살 일이다

분꽃

분꽃 피는 시간이면
어머니는 저녁을 지었지

보렴,
꽃도 수줍어한단다

염소 똥 같은
꽃씨 모아 학교에 갔는데
그 많던 분꽃은 어디로 갔을까
생의 저녁은 수줍기만 하네

엄니 엄니 걱정말아요
숙제는 잊지 않았어요
이 세상 꽃씨 모아
저 세상으로 가져갈게요

11월 30일

치를 것 치르고 나니
텅 비어 버린 지갑 바라보며
그래도 아직 만 원짜리 한 장은 남아 있잖아
스스로를 다독이는 날

올겨울 철없는 사람들 사는 곳엔
눈이라도 제법 의연히 내리거라
아침부터 밤까지 수북하게 빌어 보는 날

아버지

담당 의사로부터 전화가 걸려왔다
일주일을 넘기기 힘들 듯하니
마음의 준비를 하라 한다

아버지,
평생을 이래라 저래라
한 말씀을 안 하시더니
마지막 길에서야 준비를 시키신다

잘 봤지
미리 미리 해두어라
서둘다 보면 놓치는 게 많단다

아버지,
평생을 잔소리
한 마디 안 하시더니
마지막 길에서야 회초리를 드신다

아버지, 당신을 사랑했습니다

아버지,
이제 곧 먼 길 떠나신다는데
훌쩍 가지 마시고
술 한 잔만 사주고 가세요

묻고 싶던 말
듣고 싶던 말도 많았지만
여즉 꺼내지 못한 이야기 한가슴입니다

아버지,
이제 다시는 돌아오지 않는다는데
무얼 그리 서운케
얼굴 한 번 안 보고 떠나시려나요

술잔에 술 철철 넘치듯
제 가슴에 눈물이 넘쳐흘러
술김에도 꺼내지 못했던 말
이제야 당신께 고백합니다

아버지, 당신을 사랑했습니다

가을 여자

한 여자가 걸어가네
딸이었던 여자
아내였던 여자
엄마였던 여자가
지금은 가을 여자가 되어
가을 속으로 걸어가네

여자일 수 없었던 여자
여자도 아니었던 여자
여자를 버려야 했던 한 여자가
이제야 뜨겁게 타오르면서
제 몸을 붉게 붉게 물들이면서
저기 가을 여자가
가을 속으로 걸어가네

존넨쉬름

장미의 일종
꽃말은 거절이라지

마음에 놀려주고 싶은 이 있거든
정성스레 한 다발을 보내 볼까

'당신에게 존넨쉬름을 바칩니다'

그다지 꽃다운 일 아니라며
심각한 표정으로 말하신다면
당신에게도 한 송이

'존넨쉬름'

향기만으로 살 수 있나
웃음이 가장 아름다운 꽃인걸

당근

하루 세 끼마다
당근을 먹을 것

세상에 어둠과 그늘이 많은 건
사람들이 당근을 적게 먹기 때문이니까

인생은 아름답지?
당근

사랑은 영원하지?
당근

행복은 돈과 상관없지?
당근

온몸이 새빨개지더라도
이파리는 늘 푸를 것

그러면 당신의 영혼도 푸르러지겠냐고?
당근

하지

낮은 짧아진다 하지
밤은 길어진다 하지

시간은 참 빠르다 하지
일 년은 벌써 반이나 지났다 하지

불평은 이제 그만하지
욕심도 이제 그만하지

남은 반 년
더 열심히 살아보기로 하지

남은 인생
더 뜨겁게 사랑하기로 하지

보기로 한다

돌아보기로 한다
내가 지나온 길에 남겨진 발자국들을

둘러보기로 한다
따뜻한 눈길과 손길이 필요한 사람들을

찬찬히 보기로 한다
조금 더 오래 하나하나마다 머물기로 한다

다시 보기로 한다
어찌해도 이해하기 어려워 자꾸만 미워지는 것들을

보고 또 보기로 한다

세상은 아름다운 것
인생은 살아볼 만한 것이라고

꽃은 밤에도 꽃이네

삶에
깊은 어둠이 몰려오는 날

궂은 비 내리거나
안개 짙게 깔리는 날

거친 바람이
오래도록 멈추지 않는 날

이런 글귀가
무슨 큰 소용이야 되겠는가마는

꽃은 밤에도 꽃이네
꽃은 비에 젖어도 꽃이네

낙엽

이 세상 그리운 것들에게
편지를 쓴다

잘 이겨 내고 있냐고
너무 아파하지 말라고
꽃이나 별에게라도 이야기해 보라고

이 세상 그리운 것들을 위해
가을 나무가 편지를 쓴다

그대 발가에도
몇 통은 도착했으리니

겨울이 와도 우리가
그리움 하나는 가슴에 품고 살자고

바람이 불기 전에

바람이 불기 전에
눈물을 말려야 해

젖은 낙엽은
길 위를 구르지 못하고

젖은 모래는
하늘을 날지 못한다

슬픔은 그리 울거라

푸른 하늘에서
빗방울 떨어지듯
슬픔은 그리 울거라

구름 한 점 없는 맑은 하늘에서
소낙비 쏟아지듯
슬픔은 그리 눈물 떨구거라

잠시만 그리한 후에
아무 일도 없었다는 듯
슬픔은 내내 푸르고 맑거라

그냥 웃는 거야

슬픔이 찾아올 때
그냥 웃는 거야

눈물이 터질 것 같을 때
그냥 웃는 거야

마음대로 되는 일 없을 때
그냥 웃는 거야

사랑했던 사람 떠나갈 때
그냥 웃는 거야

울어도 울음을 멈출 수 없을 때
그냥 웃는 거야

너무 힘들어 울음조차 나지 않을 때
그냥 웃는 거야

태어날 때 이미 많이 울었잖아
웃기 위해 살고 있잖아

웃으면 인생은 웃긴 거야
인생이 웃기니 웃는 거야

기도

기도할 일 없는 세상 좀 만들어 주세요
직업이 없어지실 수도 있겠습니다만

눈물을 위한 기도

어디서 솟아나는가

부르튼 발바닥
거칠고 굵어진 손가락
채워지지 않는 허기진 뱃속
시린 뼈마디 사이

주름진 뺨과 목 씻어 주고
시들고 메마른 가슴 적셔 주니
공연히 손등으로 훔치지 말 것
절대로 눈물 따위는 훔치지 말 것

그런데도 어디서 늘 가득 솟아나는가
가난하여도 맑고 깊어지는 영혼의 샘에서
우리 아무것도 세상에서 훔치지 않았노라고

돈

그놈의 돈이 뭔지
묻는 사람들이 있던데

알면서 왜 묻나
돈은 먼지라네

성탄절

산타를 기다리지 마세요
누군가에게 산타가 되세요

신이 주는 가장 큰 선물은
우리도 산타가 될 수 있다는 사실입니다

이 세상 가장 아름다운
화이트 크리스마스는
이 세상 가장 따뜻하고 붉은
우리의 심장이 만드는 것

눈을 기다리지 마세요
누군가에게 눈 같은 사람이 되세요

성탄절 선물

구원을 위해 이 땅에 오신

그를 생각하네

우리 비록 구원을 위해

이 땅에 태어나지는 않았을 것이나

꽃 한 송이 풀 한 포기

하늘을 나는 새가

그 생명을 다치지 않도록

어린 아기와 가난한 이웃들이

오늘 하루라도

추위와 굶주림에서

잠시 벗어날 수 있기를

간구하고 소원하며

둘러보고 실천하는 일

그 분께 드리는 가장 성스러운

생일 선물이네

Ⅲ.
바다가 나의 직장이었지

바다가 나의 직장이었지

바다가
나의 직장이었지

백사장에 시를 써 놓으면
파도가 다가와 결재를 했네

무슨 일을 이따위로 해
번번이 찬물을 끼얹곤 했지

사실, 일은 안 했네
당신 생각을 했지

당신이 나의
유일한 시였으니까

바다에게 한 수 배우다

빠질까 조심스레 다가서지만
갑작스레 밀려들어
순식간에 발을 적셔 버려도
깔깔깔 웃음을 터트리게 만드는
저 푸르고 해맑은 사랑법

바다에게 한 수 배우다

울릉도

삶이 너무 잔잔하거나
거친 파도 밀려오거든
독도의 어머니 울릉도
나리분지 넓은 품에 누워
푸른 하늘에 눈 씻어 보겠네
저동항 도동항 천부항
일 없이 한나절 어슬렁거리며
이 사람 저 사람 참견이나 하다가
파도 소리에 귀 씻어 내겠네
깍새섬 바라뵈는 식당에 앉아
오징어 안주에 술잔 기울인 후
송곳봉 마주 보며
낮아진 마음 우뚝 일으켜 세워
다시 살아갈 힘 가슴에 품고 오겠네
그 섬, 울릉도에서
뭍 때 묻은 이름 하나 씻고 오겠네

바다뿐이네

바다뿐이네 바다뿐이네
내 푸른 슬픔 가야 할 곳
푸른 바다뿐이네

바다뿐이네 바다뿐이네
내 깊은 상심 기다리는 곳
깊은 바다뿐이네

어느 적막히 파도 치는 날
저녁 바다에 배를 띄우고
수평선 너머로 영영 떠나갈 때
흰 갈매기 떼 조금만 더 울어 주길
그대 그 밤에 조금만 더 뒤척여 주길

바다에게 물어보게
나는 부끄러움 없이 사랑하였네
나는 너무 사랑하여 부끄러움 몰랐네
그러나 알 이 없으니 바다뿐이네

눈을 맞다

생을 옮겨야 하나

손바닥만 한 땅덩어리 서쪽엔
눈발이 제법 흐드러지게 쏟아진다는데
푸르게 펼쳐진 동쪽 바다 위론
타들어 가는 속도 모르는 하늘이
더욱 푸르게만 펼쳐졌어라

무슨 시인 대접을 이렇게 하시나
순댓국에 소주 한 병으로
쩍쩍 갈라진 심사에 물을 대면서
올겨울 작황이 흉년이거든
모두 눈 탓인 줄 아시오
투덜거리다 이내 술병이 비어
술집을 나서는데 그예 눈님이 오시더라

아, 아직은 시를 쓴다고 큰소리칠만하구나
아, 아직은 시인도 제법 통하는 세상이구나

생각에 우뚝 힘주고 서서 눈을 맞았다
이번 생은 못 이긴 척 말뚝이다

양광모

그리움에 대해
시를 써 보냈더니
너무 길다 연락이 왔네

이백이 돌아와도
더 짧게는 못하리니
다시는 줄여 달라 청하지 마오

'그리움'

양
광
모

프로필

진달래에서 태어나
빗방울에서 성장하여
단풍을 졸업하고
눈송이에서 일하고 있다

바다와 결혼하여
커피를 낳았고
술에서 살고 있다

詩가 되어 죽기를 꿈꾼다

시인지생詩人之生

시란
영혼에 뿌리는
언어의 향수

시인이란
그 향수를 만들고 남은
한 줌 찌꺼기

동의합니까
못 한다고요

그렇다면 이 무진장한
불이나 좀 꺼 주겠소

살아간다는 일,
종종 겨울 야경만 같더라

쉿!

슬픔 만한 스승은 없지

생은 언제나 그의 문하생일 뿐

세상에 슬픈 것이 너뿐이랴

세상에 슬픈 것이 너뿐이랴
꽃도 떨어지면 서럽고
별도 스러지면 울음이 난다

세상에 아픈 것이 너뿐이랴
풀도 밟히면 멍이 들고
강물도 떨어지면 소리를 지른다

사람아, 세상에 가난한 것이 너뿐이랴
달도 옷 한 벌 없이 한 달을 견디고
눈송이도 불씨 하나 없이 겨울을 난다

떡

사람도 떡이 되는구나
청보리처럼 나부끼던 젊음은
모두 지나갔다

아직도 사는 일
누워 떡 먹기 같아
종종 목에 걸리고
턱턱 숨이 막혀 오지만

남의 떡에 눈길 주지 않고
미운 사람 떡 하나 더 주다 보면
찰떡은 못 되어도 메떡이야 될 터이지

곱게 살지 못하는 날의 마음아
옜다! 떡 하나 더 먹어라

큰소리

내가 마시는 술만큼
이 세상 가난한 누군가가
눈물을 덜 흘릴 것만 같아
술을 마신다

내가 마시는 술만큼
가난한 이 세상이
눈물 좀 덜 흘리라고
술을 마신다

막힌 사람들이 들으면
뻥이라 생각하겠다만
맑고 깊은 물이 흘러가며 내는
큰소리라네

슬픈 교주

나의 詩가 종교가 된다 하여도
구원이나 영생, 기적 따위야
약속할 수 없겠지만
네 영혼 2%쯤 더 맑고 고요하게 만들어 주리니
믿는 자여,
지극히 높은 땅의 고독은 너의 것이로다

안부

겨울 눈은
천사의 웃음

겨울비는
천사의 눈물

하늘에도 무언가
이별이나 슬픔 따위가 벌어진 게지요

그대여, 내색도 없는
키 큰 겨울나무 우러르다
하냥 하냥 물어봅니다

아무 일 없이 어디라도
잘만 있으소

안부 2

올봄에
한 번 다녀가시라
이 가슴에 꽃 다시 피어나도록

여름, 가을
서운케도 그리 되지 않는다면

올겨울엔
꼭 한 번 다녀가시라
이 가슴에 흰 눈 내내 쏟아지도록

사랑은 가난하지 않다

누군가를 사랑하는 사람은
가난하지 않다

살아가는 일이
낡은 천 원짜리 지폐 같은 날에도
가슴 깊은 곳에
사랑을 품고 다니는 사람은
결코 가난하지 않다

사람아,
누군가를 사랑하여
그의 행복을 뜨겁게 기도하는 사람은
절대로 가난할 수 없다

그대, 가슴 따뜻한 사람아

세상을 아름답게 만드는
꽃으로 살 수 없어도 좋으리

세상을 반짝이게 만드는
별로 살 수 없어도 좋으리

세상을 따뜻하게 만드는
불씨 하나로 살 수 있다면

그대, 가슴 따뜻한 사람아

세상을 눈부시게 만드는
태양으로 살 수 없어도 좋으리

얼어붙은 손에 작은 온기를 전하는
촛불 한 자루로라도 살 수 있다면

해바라기

우리가 생의 어느 날에
몹시 비에 젖는다 해도
가슴에 해바라기 한 송이
노랗게 피우며 살 일이다

비 오는 날에도
힘껏 허공을 밀고 올라가는
해바라기의 꽃대를 기억하며
바람 부는 날에도
고개를 떨구지 않는
해바라기의 얼굴을 기억하며

우리가 생의 어느 날에
몹시 바람에 흔들린다 해도
가슴에 해바라기 한 송이
하늘 높이 피워 두고 살 일이다

일으켜 세우며

시도 참 아름다운 것이구나
생각되는 날이 있다

농부의 마음을
어찌 헤아리랴만
시도 참 수고할 만한 것이구나
생각에 새벽부터 늦은 밤까지
논과 밭을 가는 날이 있다

그런 날에는 또 이런 마음도
덩달아 들기 마련인데
삶도 참 아름다운 것이구나
쓰러진 볏짚을 다시 일으켜 세우는
사람은 참 아름다운 것이구나

그러니 사람아,
네 자신이건 누구건
우리가 다시 좀 일으켜 세우며 살 일이다

다시는 지지 않는다

나라를 빼앗긴 민족의 비극을
뼈저리게 알고 있느니
우리 다시는 지지 않는다

외세의 침략을 막지 못한 부끄러움을
뼈아프게 알고 있느니
우리 다시는 지지 않는다

한라의 하르방아
백두의 장승들아
대한민국의 뜨거운 피 흐르는 민초들아
두 주먹 불끈 쥐고 벌떡 일어나 함께 싸우자

우리가 어찌 통한의 역사를 되풀이하랴
이 땅에 살아갈 아이들의 미래를 위해
그 아이들에게 물려줄 자랑스러운 역사를 위해
우리 다시는 다시는 지지 않는다

IV.
별이 너를 사랑해

자작나무를 닮은 여자

자작나무를 닮은 여자를
사랑하는 일보다
근사한 일은 없으리
맑은 눈빛과 투명한 얼굴이
흰 눈보다 눈부신 여자

5월을 닮은 여자를
사랑하는 일보다
사치스런 일은 없으리
봄바람에 춤을 추는
싱그런 신록의 영혼을 지닌 여자

5월의 자작나무를 닮은 여자를
사랑하는 일보다
기쁨이 울컥 쏟아지는 일은 없으리
온몸에 상흔이 남았어도
푸른 하늘을 향해 성큼성큼 걸어가는 여자

그대를 사랑하는 일

그대를 생각하는 일보다
맑은 샘물은 없습니다

그대를 그리워하는 일보다
향기로운 꽃은 없고

그대를 기다리는 일보다
따스한 햇살은 없습니다

그래요!
내 영혼도 놀라 말합니다

그대를 사랑하는 일보다
붉은 노을은 없다고

그대를 사랑하는 일보다
반짝이는 별은 없다고

그대를 만나

사랑은 참 슬픈 것이다
생각했는데 그대를 만나
사랑은 얼마나 큰 기쁨이냐
가슴 두근거려 하네

사랑은 참 아픈 것이다
생각했는데 그대를 만나
사랑은 얼마나 아름다운 것이냐
가슴 따뜻해 하네

어둠을 햇살로 만들고
얼음을 꽃으로 만들고
눈물을 미소로 바꾸는 이여

사랑은 참 냉정한 것이다
생각했는데 그대를 만나
사랑은 얼마나 다정한 것이냐
가슴 눈부셔 하네

우리의 사랑에 겨울이 와도

막을 수 없이
우리의 사랑에 겨울이 와도

그대 거기
자작나무로 서 계시라

눈송이 되어
나 그대에게 내려앉으리니

불의 색을 잃어도
우리가 흰 빛으로 다시 만나자

아, 사랑은 얼마나 오래
고요히 끌어안아야 하는 것이냐

공중을 지나는 눈송이처럼

불같은 사랑에도
겨울은 찾아오느니
공중을 지나는 눈송이처럼
사랑할 것

눈도 너무 많이 쌓이면
나뭇가지가 부러지고
눈도 너무 쌓여 깊으면
발걸음을 떼어놓을 수 없다

눈도 땅에 닿으면
눈물이 되고 마는 것
그대 여름날에 사랑하여도
눈송이가 공중을 지나듯
사랑할 것

미안하다 사랑이여

하려면야 여남은 변명이야 없겠는가마는
딱히 그래서였구나 할 것도 같지 않아
그저 한마디로 그치려니

미안하다 사랑이여
사실은 내가 너를 잘 몰랐다

윤슬

사랑이란 거
누군가에게 햇살을 비춰
그를 윤슬로 만들어 주는 일이지

너무 눈부셔
바라보다 기꺼이 눈머는 일이지

아득히 흘러가 버린 후에도
어둠 없이 영혼에 윤슬이 반짝이는 일이지

윤슬 2

어떤 사랑은 햇살과 같아
한 사람의 영혼의 강물에
윤슬을 반짝이게 만들고

어떤 사랑은 강물과 같아
한 사람의 햇살을 받으면
스스로 몸을 반짝이지만

어떤 사랑은 윤슬과 같아
두 사람의 영혼의 강물이
함께 반짝이며 흘러가네

사랑이여,
바라보다 눈이 멀어도 좋을 사랑이여

세상의 모든 빛이 사라질 때까지
우리 함께 윤슬로 만나 빛나자
시간의 강물이 멈출 때까지

너를 사랑하여

벚꽃 한 잎
땅에 떨어지는 동안

사랑한다
일만 번 고백을 한다

능소화

벽 하나 넘지 못하는 게
무슨 사랑이겠느냐

꽃 사다리 담장에 걸치고
애등바등 건너 보려는데
아무래도 땅에는 닿지를 못해
몇 나절 님의 이름이나 애타게 불러 보다
벼락처럼 붉은 꽃 떨어진다

순아,
저보다 더 슬픈 능소화가 내게는 있구나
일생을 멈추지 않고 치는 벼락이 내게는 있구나

접시꽃 사랑

들어도 들어도
또 듣고 싶은 게 사랑이란다

붉은 안테나
온몸에 층층이 세우고
숨소리조차 놓치지 않더니

사랑합니다, 원 없이 들었는가
꽃잎 돌돌 말아
꼭 오므려 닫은 후 떨어진다

지는 날까지
가슴에 담아 두는 게 사랑이란다

지는 날에도
가슴에 품고 가는 게 사랑이란다

충무 김밥

충무에서 김밥이 올라오고 있다는 기별을 받았다
저녁 전에는 도착한다고 했다

흰 밥에 김 한 장 말은 듯
사랑했어야 했는데…

아직도 혼자서 충무 김밥 삼 인분을 먹지만
섞박지라는 말은 늘 목이 메인다

너는 스쳐 지나갔겠지만

살짝 베였을 뿐이라 생각했는데
너무 아려 잠조차 이루지 못하는 상처

너는 스쳐 지나갔겠지만
나는 아직도 그 자리에 멈춰 서 있다

심장이 아려서
일생이 아려서

그러나 지금은 가을

우리는 여름에 만나
사랑을 했지

그러나 지금은 가을
잎은 떨어지고 나무는 헐벗네

나의 영혼이여
이 겨울 이겨 내거든
다음 사랑은 봄에 시작하자

꽃피고 새싹 돋아
생명의 기쁨 충만한 때

그 날엔 사랑도 시들지 않으리니
나는 한순간도 입맞춤을 멈추지 않으리

그러나 지금은 가을
단풍을 잃은 낙엽이 찬 겨울 바람에 쫓기네

개펄

바다와 뭍이
당최 이루어질 수 없는 사랑을 하여
애절히 개펄을 낳았습니다

푹 푹
빠져들 수밖에요

주문진 바다

벤치 네 개 나란히
백사장에 앉아

—그리움은 진격이야, 부서지지 않으면 그리움도 아니야

수근거리며
온종일 고개 한 번 돌리지 않은 채
수평선만 바라보는 주문진 바다

나, 가장 오른쪽 벤치가 되어
일평생쯤 모래에 발목 묻은 채 살고 싶었네
그리움으로 포말처럼 부서지고 싶었네

시월이었으니
너라도 그랬으리

주문진 바다였으니
너라도 그랬으리

그대라는 꽃

꽃들이 시샘이야 하겠냐마는
한다면 그대 때문이겠지

아름다움이야
흉내라도 내어 볼 텐데

맑은 영혼이야
그대에게만 내려 준 신의 선물

꽃이 열흘을 붉지 못하는 이유
있다면 그대 때문이겠지

내 마음이 일생을 붉어지는 이유
있다면 그대 때문이겠지

사랑이 다시 찾아오면

사랑이 다시 찾아오면
나는 그녀의 손을 잡고 말하리
다시는 당신의 손을 놓지 않겠어요

사랑이 다시 찾아오면
나는 그녀를 품에 안고 말하리
다시는 당신을 내 품에서 놓아주지 않겠어요

사랑이 다시 찾아오면
나는 그녀의 입술에 입을 맞추며 말하리
다시는 나의 입술을 당신의 입술에서 떼어놓지 않겠어요

그러나 사랑이 정말로 내게 찾아온다면
나는 이 모든 것을 상관하지 않고 말하리
다시는 나의 영혼이 당신의 영혼에서 떨어지지 않겠어요
다시는 나의 운명이 당신의 운명에서 벗어나지 않겠어요

그대를 향한 나의 사랑은

그대를 향한 나의 사랑은 언제 시작되었는가
이 세상에 오기 전부터
생명이 태어나기 전부터
하늘과 땅, 바다가 만들어지기 전부터
별이 빛나기 전부터

그대를 향한 나의 사랑은 언제 끝나는가
다음 세상에 가서도 아직은
모든 생명이 죽는다 해도 아직은
하늘과 땅, 바다가 사라진다 해도 아직은
별이 빛을 잃는다 해도 아직은

그대를 향한 나의 사랑은 얼마나 눈부신가
이제 갓 피어난 꽃보다 더
한낮의 태양보다 더
천만 개의 별보다 더
흐르는 강물 위를 반짝이는 윤슬보다 더

그대를 향한 나의 사랑은 어디로 가는가
꽃이 되어 꽃의 나라로
눈이 되어 눈의 나라로
별이 되어 별의 나라로
영원이 되어 영원의 나라로

그대여, 나의 손을 잡으라
우리 함께 영원의 나라로 가자
오직 사랑만이 살아 숨 쉬며
웃고 기뻐하고 노래하며 춤추는 그곳으로
그대와 나 영원히 하나가 될 그곳으로

별이 너를 사랑해

너를 사랑하기에는
나의 사랑이 너무 작기에

하늘이 너를 사랑해
바다가 너를 사랑해
별이 너를 사랑해

사랑한다는 말로는
나의 사랑을 말해 줄 수 없기에

꽃이 너를 사랑해
눈이 너를 사랑해
밤하늘의 모든 별들이 너를 사랑해

기다리는 것들이 돌아오지 않아
삶이 아플 때

기다리는 것들이 돌아오지 않아

삶이 아플 때가 있다

영영 돌아오지 않을 줄 알면서도

끝내 포기하지 않는 건

사랑아,

너를 기다리지 않으면

삶이 더욱 아파하겠기에